AF355860

Vente du Jeudi 2 Avril 1891

HOTEL DROUOT, SALLE N° **8**

OBJETS D'ART

E

D'AMEUBLEMENT

TABLEAUX — DESSINS

Bronzes, Meubles

CÉRAMIQUE — OBJETS VARIÉS

TAPISSERIES

Appartenant en partie à M. G.....

EXPOSITION PUBLIQUE

LE MERCREDI 1er AVRIL 1891

De 1 heure à 5 heures 1/2

M° PAUL CHEVALLIER
COMMISSAIRE-PRISEUR
10, rue de la Grange-Batelière, 10

M. CHARLES MANNHEIM
EXPERT
7, rue Saint-Georges, 7

HONO
NATVRA
IMPRIMERIE DE L ART

CATALOGUE

DE

TABLEAUX

PAR

Ciceri, Couder, Girodet, Monfallet, Eglon Van der Neer, Slingelandt, etc., etc.

Madone, par SASSO-FERRATO

Dessins par BONVIN — Belles Gravures

Bronzes d'ameublement

Cartel Louis XV — Garniture de cheminée

MOBILIER

Meuble de Salon couvert en tapisserie d'Aubusson de style Louis XV
Salle à manger en noyer, etc., etc.

Appartenant à M. G...

et des

Porcelaines — Boîtes — Objets variés — Meubles

TAPISSERIES

Appartenant à divers

DONT LA VENTE AURA LIEU

HOTEL DROUOT, SALLE N° 8

Le Jeudi 2 Avril 1891

à 2 heures

Me PAUL CHEVALLIER	M. CHARLES MANNHEIM
COMMISSAIRE-PRISEUR	EXPERT
10, rue de la Grange-Batelière, 10	7, rue Saint-Georges, 7

EXPOSITION PUBLIQUE

Le Mercredi 1er Avril 1891, de 1 heure à 5 heures 1/2

CONDITIONS DE LA VENTE

La vente sera faite au comptant.

Les Acquéreurs paieront, en sus des adjudications, *cinq pour cent* applicables aux frais.

L'Exposition mettant le public à même de se rendre compte de l'état des objets, il ne sera admis aucune réclamation une fois l'adjudication prononcée.

Paris — Imprimerie de l'Art, E. Ménard et Cie, 41, rue de la Victoire.

DÉSIGNATION DES OBJETS

PREMIÈRE PARTIE

Objets appartenant à M. X...

TABLEAUX

BASSAN

1 — *La Tonte des moutons.*

BELLEL
(J. J.)

2 — *Une Caravane.*

BENNETTER
(J.)

3 — *Le Port de Honfleur.*

CICERI
(EUGÈNE)

4 — *Paysage.*

COUDER
(A.)

5 — *Dame à sa toilette.*

DAULNOY
(V.)

6 — *Paysage.*

Un chasseur allume sa pipe au pied d'un rocher.

DESHAYES
(EUGÈNE)

7 — *Village normand au bord de la mer.*

DOLCI
(Attribué à CARLO)

8 — *Sainte Madeleine.*

ÉCOLE FLAMANDE
(XVIe siècle)

9 — *Portrait d'homme.*

En buste, de trois quarts ; il est brun avec barbe et cheveux courts ; pourpoint noir.

ÉCOLE HOLLANDAISE

(XVII° siècle)

10 — *Scène de famille.*

> Une femme, la tête coiffée d'un linge blanc, est occupée à peigner une fillette assise en re ses jambes; un petit garçon se chauffe à la cheminée.

GIRODET

11 — *Le Sommeil d'Endymion.*

> Première pensée du tableau du Louvre.
> Grisaille.

HORNUNG

(de Genève)

12 — *L'Horoscope de Henri IV.*

MEULEN

(Attribué à FRANÇOIS VAN DER)

13 — *Épisode de guerre.*

MONFALLET

14 — *Soubrette Louis XV.*

NEER
(EGLON VAN DER)

15 — *Portrait d'une dame hollandaise.*

En toilette de soie avec parure de perles ; elle est vue à mi-jambes à l'entrée d'un parc.

Petit portrait d'une précieuse exécution.

RUBENS
(École de)

16 — *L'Ivresse de Silène.*

SASSO-FERRATO

17 — *La Vierge.*

Les yeux baissés, les mains jointes, une étoffe blanche sur la tête, en robe rose et manteau bleu.

Beau tableau.

SASSO-FERRATO

18 — *La Madone.*

La tête enveloppée d'une draperie bleue qui descend sur les épaules, couvrant en partie une robe blanche.

SCHAAL

19 — *J. J. Rousseau à Ermenonville.*

SLINGELANDT

20 — *Intérieur de cuisine.*

Une jeune fille, en robe bleue et tablier avec rubans rouges, prépare des charcuteries dans un baquet, tout en causant avec un jeune garçon qui emporte une gourde. Un chien saisit des débris de viande. Deux vieillards se tiennent auprès de la cheminée.

H. G.

(Initiales)

21 — *Le Petit Dissipé.*

————

DESSINS

22-23 — **Bonvin (F.).** La Fileuse et la Tricoteuse. Deux dessins signés et datés 1861.

24 — **Bonvin (L.).** Fleurs des champs. Aquarelle.

25 — **Daguerre.** Le Village d'Unterseen, en Suisse, 1826. Plume et lavis.

26-27 — **Dunant (Marc).** Quatre vues du lac de Genève. Gouaches.

28 — **Robert (Léopold).** Pifferaro. Mine de plomb.

29 — Dessins et lithographies encadrés.

GRAVURES ENCADRÉES

ÉPREUVES DE CHOIX

30 — **Morghen**, d'après **Poussin**. La Danse des Heures et la Sainte Famille aux anges.

31 — **Louis**, d'après **Scheffer**. Mignon. Deux épreuves numérotées.

32 — **Henriquel Dupont**, d'après **Ingres**. Portrait de Bertin. Épreuve d'artiste avec dédicace.

33 — **Prudhomme**, d'après **Delaroche**. Les Enfants d'Édouard, avant la lettre, n° 63.

34 — **Mercuri**, d'après **Delaroche**. Sainte Élisabeth. Avant la lettre.

35 — **Henriquel Dupont**, d'après **Delaroche**. Cromwell. Épreuve avant la lettre.

36 — **Scheffer** (D'après). Françoise de Rimini. Avant toute lettre.

37 — Diverses gravures encadrées.

PORCELAINE

38 — Deux théières en porcelaine de Chine simulant un faisceau de bambous et décorées d'émaux de couleurs.

39 — Deux flambeaux à tiges en céladon craquelé, douilles et bases en bronze doré.

40 — Deux boîtes à thé en terre de Boccaro.

BRONZES D'ART ET D'AMEUBLEMENT

41 — Beau petit cartel en bronze ciselé et doré de l'époque Louis XV, d'un joli modèle à rinceaux, enroulements et branches de chêne.

42 — Petite pendule de voyage en bronze doré de l'époque Louis XVI, cadran de Gille l'aîné, à Paris. Mouvement moderne.

43 — Petit œil-de-bœuf à bélière et cadran en émail à guirlandes en couleurs et or, au nom de Ch. Dutertre, à Paris.

44 — Pendule de style Louis XVI, en bronze doré à guirlandes, rubans et frise d'enfants, avec cadran et appliques en émail ; elle est surmontée d'un vase en porcelaine gros bleu rehaussé d'or, à cadrans tournants sous le couvercle, et repose sur un socle à ressauts en bois noir incrusté de plaquettes en lapis.

45 — Deux flambeaux en bronze doré, modèle à cannelures en spirales et guirlandes en relief.

46 — Deux lampes à corps ovoïde en porcelaine gros bleu et monture à trépied et têtes de bélier en bronze doré de style Louis XVI.

47 — Deux lampes formées de belles bouteilles en émail cloisonné de la Chine avec monture de style chinois en bronze à patine noire, frotté d'or.

48 — Coupe formée d'un grand bol en porcelaine de Chine, décoré de sujets familiers en couleurs et d'encadrements bleus avec monture en bronze de style Louis XVI.

49 — Deux chenets en bronze doré, style Louis XVI, modèle à vases enguirlandés.

50 — Garniture de cheminée, composée de cinq pièces en bronze patiné vert : pendule en marbre noir avec statuette de Pradier, deux flambeaux et deux grandes lampes Carcel en des vases à bas-reliefs.

51 — Pare-étincelles éventail.

52 — Lustre en bronze doré de style Louis XIV, garni de cristaux pendeloques, étoiles, pyramides.

53 — Deux appliques, bouquets de lis, en bronze doré.

54 — Lampe sur vase en porcelaine de Chine moderne.

55 — Deux candélabres, style antique, en bronze de chez Barbedienne.

56 — Deux bouts de table, style antique, en bronze de chez Barbedienne.

57 — Deux chiens, d'après l'antique, en bronze de chez Barbedienne.

58 — Deux coupes, d'après Benvenuto, en bronze de chez Barbedienne.

59 — Deux bouts de table de chez Barbedienne.

60 — Grand pot à tabac en bronze et galvano.

61 — Groupe en bronze : Course de jockeys.

62 — Suspension de salle à manger.

63 — Deux appliques Louis XVI en bronze doré.

MOBILIER

64 — Meuble de salon, deux canapés et six fauteuils, de style Louis XV, en bois noir à baguettes de cuivre, recouverts en tapisserie d'Aubusson, très fine, à bouquets de fleurs sur fond blanc et entourage fond vert.

65 — Tapis de table en Aubusson allant avec le meuble de salon.

66 — Table de salon en bois noir de style Louis XV.

67 — Guéridon à tablette ovale, en bois noir et marqueterie de cuivre.

68 — Deux tables à jeu en palissandre de style Louis XV.

69 — Grande console en bois sculpté et doré, style Louis XV, avec tablette de marbre blanc.

70 — Bibliothèque à hauteur d'appui, en bois noir, à trois portes vitrées, moulures et perles en bronze.

71 — Ameublement de salle à manger, en bois de noyer à moulures noircies, comprenant : un buffet-dressoir, deux tables-étagères, une table ovale à allonges, un bureau à corps supérieur vitré et douze chaises couvertes en velours rouge.

72 — Guéridon en noyer.

73 — Petite table servante.

74 — Écran en bambou avec feuille chinoise.

75 — Deux petites banquettes d'autichambre couvertes en velours.

76 — Fauteuils confortables en velours rouge frappé.

77 — Meubles courants, sièges et objets mobiliers.

DEUXIÈME PARTIE

Objets appartenant à divers

CÉRAMIQUE

78 — Deux plats en ancienne porcelaine de Chine : personnage et attributs.

79 — Douze assiettes en ancienne porcelaine de la Compagnie des Indes, famille rose : fleurs.

80 — Flacon à thé couvert en ancienne porcelaine de Chine, à décor européen.

81 — Deux pièces en vieux Chine, famille rose : théière couverte, à personnage et inscription, et petite potiche à fleurs et oiseaux.

82 — Six assiettes en ancienne porcelaine de Chine, famille
verte : fleurs et oiseaux.

83 — Deux lampes formées chacune d'un vase cylindrique
en porcelaine du Japon, décor bleu, rouge et or, à personnages ; monture rocaille en bronze.

84 — Deux potiches ovoïdes couvertes en porcelaine genre
Saxe : scènes galantes et fleurs sur fonds jaune et blanc
alternés.

85 — Deux potiches ovoïdes couvertes en porcelaine genre
Saxe : fleurs sur fond doré.

86 — Chien assis en porcelaine genre Saxe décorée au na-
turel.

87 — Groupe en porcelaine genre Louisbourg : scène ga-
lante.

88 — Groupe en porcelaine genre Saxe : le Char d'Amphi-
trite.

89 — Groupe en porcelaine genre Saxe : Bacchanale.

90 — Groupe en porcelaine de Saxe Marcolini : la Cueil-
lette des fruits.

91 — Groupe en porcelaine genre Saxe : Nymphe et Amour.

92 — Deux figurines en porcelaine genre Louisbourg :
la Marchande de volailles et Fillette dansant.

93 — Deux figurines en porcelaine genre Saxe : le Joueur
de flageolet et le Marchand d'oiseaux.

94 — Trois figurines en porcelaine genre Saxe : Enfants
musiciens et paysanne.

95 — Six petites tasses et leurs soucoupes, en porcelaine genre Saxe : Scènes de camp.

96 — Quatre pièces en porcelaine genre Saxe : cygnes et léopard, et petit flacon en forme de femme tenant un chien.

97 — Coupe en porcelaine de Sèvres (1845 et 1848), à personnages et fleurs sur fond bleu, portant la marque des Tuileries ; piédouche en bronze.

98 — Coupe sur piédouche en porcelaine de Sèvres (1877-1878), à couverte bleu marbré, à décors de fleurs dorées.

99 — Écuelle en forme de poule en faïence.

100 — Deux pièces ; urne en poterie marbrée et coupe sur piédouche en poterie bleu-violacé.

BOITES ET OBJETS VARIÉS

101 — Boîte ronde en ivoire ornée sur le couvercle d'une miniature : la déesse Cérès vue en buste.

102 — Boîte ronde en bois doublé d'écaille ornée sur le couvercle d'une peinture : la Transfiguration.

103 — Boîte ronde en ivoire présentant sur le couvercle : une Revue passée par le grand Frédéric, personnages en relief et peints sur fond de nacre. xviiie siècle.

104 — Boîte ronde décorée au vernis Martin de danses et scènes champêtres. Monture en argent. xviiie siècle.

105 — Bonbonnière rectangulaire en porcelaine genre Saxe, à motifs rocaille et scènes champêtres.

106 — Bonbonnière ovale en porcelaine genre Saxe, à motifs rocaille et scènes de chasse.

107 — Tabatière oblongue en ancien émail de Battersea, à fleurettes.

108 — Petit groupe en albâtre rehaussée de dorure : le Christ au milieu des docteurs, composition de sept figures. xve siècle.

109 — Deux figurines en ivoire sculpté : Sainte et évêque debout. xviie siècle.

110 — Deux figurines en ivoire sculpté : Méphistophélès et personnage grotesque.

111 — Deux figurines en pierre de lard grise : personnages debout. Travail chinois.

112 — Petit groupe en pierre de lard rosée : personnage assis tenant un fruit que désire un enfant placé auprès de lui.

113 — Brûle-parfums ovoïde couvert, avec anse en cuivre gravé et ajouré de la Perse : personnages et rinceaux.

114 — Deux pièces : miroir ovale dans une monture supportée par un enfant debout en bronze oxydé, et vide-poches en métal.

115 — Figurine sur socle en métal : le Grand Frédéric.

116 — Quatre pièces : deux porte-allumettes, vide-poches et presse-papiers en métal : chiens, petit pâtissier et négrillon.

117 — Cassette ovale en bronze, ornée de plaques émaillées à fleurettes.

118 — Jardinière ovale en cristal; monture en bronze.

119 — Montre Louis XVI en cuivre : trophées.

120 — Flacon en verre moderne, décor en couleurs et dorure.

121 — Encrier circulaire couvert en bronze : rinceaux et mascarons. Italie. xvie siècle.

122 — Deux flambeaux balustres en cuivre, à motifs rocaille.

123 — Boîte à cigares en chêne et bois dur.

124 — Plateau ovale en bois incrusté de nacre à sujets chinois.

125 — Sabre turc à poignée d'ivoire et lame d'acier ornée, au talon, de personnages et emblèmes turcs en dorure sur fond bleu; garniture en argent.

126 — Croix processionnelle revêtue de cuivre découpé et gravé avec Christ en ronde bosse.

127 — Fragment de grille en fer, à cartouche accosté d'oiseaux. xviiie siècle.

128 — Ustensiles de ménage. Toile ovale encadrée.

MEUBLES

129 — Meuble à deux corps en marqueterie de bois de couleurs, à décor de fleurs; chaque corps contient une armoire, et le corps inférieur comprend en outre de nombreux tiroirs.

130 — Petite commode Louis XVI à deux tiroirs en marqueterie de bois de couleurs.

131 — Petite commode de poupée Louis XVI en marqueterie de bois de couleurs, à trois tiroirs; poignées de bronze.

132 — Petite console de style Louis XV, en bois et cuir gaufré, avec dessus de marbre brèche et panneau contourné orné d'une peinture sur toile.

133 — Horloge en bois et cuir gaufré en forme d'arcade reposant sur une console à fond plein.

134 — Porte-parapluies en bois et cuir gaufré orné d'une arcade contenant une glace.

135 — Vaisselier Louis XIII en bois sculpté, à une porte surmontée d'une étagère.

136 — Quatre sièges : trois chaises et une banquette en bois avec sièges et dossiers en cuir gaufré, à décor de corbeille de fleurs.

137 — Petite table à ouvrage décorée de fleurs au vernis genre Martin.

138 — Table de nuit en bois de rose garnie de bronzes avec tiroir.

TAPISSERIES

139 — Tapisserie rectangulaire en largeur : scènes de chasse dans un parc avec habitations; bordure de fruits, oiseaux, cariatides et personnages sur fond jaune. Époque Henri IV. — 2 m. 50 cent. sur 4 mètres.

140 — Tapisserie rectangulaire : scène de chasse au cerf, bordure composée de guirlandes de fleurs et fruits, d'enfants sur des globes enflammés, d'amours supportant des corbeilles de fleurs et accroupis sur des socles à mufles de lions. Elle porte la marque de Bruxelles et est signée. xviie siècle. — Haut., 3 m. 40 cent.; larg., 4 mètres.

141 — Tapisserie rectangulaire : Diane et deux nymphes dans un parc; bordure de guirlandes de fleurs et de fruits soutenues par des amours. xviie siècle. — Haut., 3 mètres; larg., 2 m. 85 cent.

142 — Tapisserie rectangulaire : écusson armorié entouré d'entrelacs; bordure de grotesques à fond jaune. xviie siècle. — 2 m. 35 cent. sur 2 m. 65 cent.

143 à 145 — Trois tapisseries rectangulaires en hauteur de la même suite : scène de chasse et animaux; bordure de fruits à fond jaune sur trois côtés. xviiie siècle. — 2 m. 60 cent. sur 2 m. 40 cent.; 2 m. 80 cent. sur 2 m. 80 cent.; 2 m. 60 cent. sur 2 m. 70 cent.

146 — Bordure en tapisserie : rubans et feuillages sur fond jaune.

147 — Tapisserie rectangulaire en hauteur : lion et panthère avec animaux et personnages au deuxième plan; bordure de fruits et d'oiseaux à fond jaune. xviie siècle. — Haut., 3 m. 40 cent.; larg., 2 m. 45 cent.

148 — Couvre-lit en ancien damas cramoisi à grands ramages avec applications de broderie de soie au passé : fleurs et rinceaux.

149 — Tunique orientale en soie blanche brodée en soie de couleurs.

150 — Frange blanche et jaune.